U0735938

叶尔羌河畔陈旧的词语

空白 著

陕西新华出版
太白文艺出版社·西安

图书在版编目（CIP）数据

叶尔羌河畔陈旧的词语 / 空白著. -- 西安 ： 太白
文艺出版社，2024. 9. -- ISBN 978-7-5513-2793-0

Ⅰ．Ⅰ227

中国国家版本馆CIP数据核字第2024BC9099号

叶尔羌河畔陈旧的词语
YEERQIANG HEPAN CHENJIU DE CIYU

作　　者　空　白
策　　划　泥流文化传媒
责任编辑　李明婕　林　兰
封面设计　白　茶
版式设计　建明文化
出版发行　太白文艺出版社
经　　销　新华书店
印　　刷　河北赛文印刷有限公司
开　　本　880mm×1230mm　1/32
字　　数　80千字
印　　张　5.75
版　　次　2024年9月第1版
印　　次　2024年9月第1次印刷
书　　号　ISBN 978-7-5513-2793-0
定　　价　45.00元

版权所有 翻印必究
如有印装质量问题，可寄出版社印制部调换
联系电话：029-81206800
出版社地址：西安市曲江新区登高路1388号（邮编：710061）
营销中心电话：029-87277748 029-87217872

清露与流响

新疆喀什地区文联副主席　甘灵辉

"明月松间照，清泉石上流。"皎洁的月光、稀疏的松影、宁静的山涧、悠悠的清泉，漾漾地流动。我读李文的诗歌，有这样的感觉。李文的诗歌清新、自然、真诚、坦率，没有为写心事强说愁的做作。

"为了舌尖的一点儿蜜／咽尽了生活的苦／所谓人生／就是从针眼穿过／不说疼。"多么勇敢，哪怕用百分之一的甜蜜，换取百分之九十九的疼痛。这就是诗人李文的《人生》。对于爱情如此，对于生活与工作也如此。

历尽千帆永少年！每一个诗人心中，都有一个少年的自己，永不老去。那是诗人的灵魂，与自己对话、为自己而活着。那个少年，为人间书写直白的情诗；那个少年，总在心灵一隅，与现实抗争，与命运较劲，与岁月逆行，最终与自己和解。这大概就是李文希望通过诗歌来传达的讯息。

与其说我们缅怀青春，不如说我们缅怀爱情。面对爱，全身心投入，用生命去体验。读李文的诗歌，可以窥见他的爱情观。在李文看来，爱首先是勇敢、执着、信念与情怀，这正是李文的可贵之处："明知相思的路永无尽头／却仍用一根根香烟去丈量／就这样将一个又一个夜晚／送到黎明的门槛。"（摘自《你的名字》）其次，爱是朦胧的、隐秘的、羞涩的，这正是它美好之所在："半夜雪还在下／我不敢确定／你是否坐在窗前听雪／可我多么想对你说说／十里之外那个叫刘湾的小村／绝对没有我们白吉村的雪大。"读《刘湾的雪》，可以领略少年爱情，仿佛一朵独立枝头初露的蓓蕾。爱，需要全身心地投入与付出。在《有一天》这首诗中，他愿意化作空气，成为你的呼吸，愿意变成你漂亮而幸福的鞋子，哪怕被压得喘不过气，也愿意像风一样带走最后一枚落叶，拿走你的悲伤。爱，更需要长情与专一："我拒绝给一朵花写诗／我不知道要对自己／折磨多久／才能爱上别人。"《拒绝》诱惑，是爱的忠诚。但爱同时也是孤独："我独自面对七只醉倒的酒瓶／我坐在一只空酒瓶里／和你说话　给你唱歌。"（摘自《今夜》）这种孤独与甜蜜，是爱的孪生姐妹，相随相伴，选择爱，同时也要接受它们。爱，需要克制，更需要懂得遗忘："你是我的老车站／我却只能在想象中／抵达你。""我承诺你要捧着鲜花归来／可回来的路多么漫长／我的旧皮鞋上／落满了疲惫的灰尘。"读《老车站》《奔跑的火车》，可以读到爱而不得的遗憾，相见不如怀念的无奈。

诗人李文有难得的人间清醒。"在尘世我是多么轻　多么细小的风／都能让我摇晃／我左手抓一把爱，右手抓一把恨／保持身体平衡。"（摘自《人啊》）有时，他对生活的思考与总结，那么精准，仿佛举起重锤，在你心弦上轻轻地那么一击，让你战栗、共情。尤其是他对灵魂的鞭挞与拷问，毫不留情："身体和灵魂　这一对宿敌／相互诋毁，妥协，纠缠不休／低就低到地上　高就高过天堂。"（摘自《兄弟》）好一句"低就低到地上，高就高过天堂"。我们有时卑微，有时高尚；我们有自己的坚持，也有生活的软肋，有时我们爱自己，不可一世，有时我们恨自己，卑鄙自私。

对于绝大多数人、绝大多数时间而言，生活是百无聊赖的。面对日复一日的单调重复，诗人有诗人的抗争，并以他独特的方式表达。如《静坐》，表达了诗人哪怕离经叛道，举止荒诞、怪异，也想挣脱生活牢笼束缚的渴望："我常常在一首诗中／阴谋和一个长相平凡的女子私奔／这和爱情无关／我不爱她　也不爱自己／我只想让认识我的人感到／吃惊　不解　措手不及／……／我会恶狠狠地想／生活我终于……"

面对谣言盛行、恶意中伤，人们往往束手无策。当一些人对正常的人、事、物及其之间的关系产生误解、歧视或偏见时，诗人李文以敏感的神经与言简意赅的表达，为那些被误解的人正言："在这首诗里／我要为你们／——正名／那些被侮辱的词语／小姐　朋友　诗人……／我要为你们重新命名。"（摘自《幻想》）在那些颠倒黑白的社会现实面前，有没有发声的勇气，这也是诗人的责任与担当。

悲悯之心是诗人应有的特质。最浩大的悲悯应是对大地、森林、树木、海洋、地球、人类、动物，对万事万物的悲悯。这是一种忧患，一种大爱，一种关切。在李文的诗歌《人说》中，我读到了这种悲悯，这是难能可贵的。在《尚义街》里，我读到了对小人物生活艰辛不易的悲悯："我梦见一只老鼠／灰黑色的皮毛／小小的老鼠／在午夜过街。"在《西域歌者》，我读到了对西北苍凉与对小市民苦中作乐的悲悯。当然，也有对自己一地鸡毛的生活的悲悯。

诗集的第三辑"一封家书"中收集的诗歌，都是诗人李文与故乡人事物的情感羁绊。对于父亲，他写道："父亲不知道/那时候　他就是一座山。"（摘自《父亲》）对于母亲，他写道："母亲啊母亲/您选择了呵护和喂养/您选择了我/像大地选择了幼芽。"（摘自《梦中的选择》）对于妹妹，他写道："在山地帮母亲干农活的妹妹/常常让我想起风中的小草/面对小草一样无助的妹妹/我却没有能力/为妹妹遮挡故乡的风沙。"（摘自《妹妹（一）》）是的，曾经有无数个类似家庭，用妹妹的辍学务工，换取了读书的机会。而当我们步入社会，却并没有能力去回馈这样一种付出。那时，心中除了羞愧，便只有歉意。好在日子还长，你还有机会，这也是一种幸运。对于弟弟，他写道："庄稼是父亲一生的孩子/而曝晒在异乡工地的弟弟/是让父亲/最最揪心的那株。"（摘自《庄稼》）此时诗人心中应是深深的心疼："每一个游子/都在与故乡相反的路上/向故乡接近。"（摘自《游子》）脚步走在与故乡相反的路上，情感与精神却越来越靠近故乡，这几句诗，替万千个游子说出了难以言喻的感受。离开故乡的人，都是"粘在老屋泥墙上的旧报纸/被命运抠下来　带离故土/多少年过去了/上面依然是这个村子的/老新闻"（摘自《白吉村》）。旧报纸与老新闻，是游子与故乡最贴切的关系。对于远在异乡学习工作的游子而言，李文对乡音有着深厚的情感。诗歌《方言，故乡》写道："方言，多像一个刚刚入城生活的男子/身着西装，但脚上穿着母亲做的布鞋/但这温暖多么奢侈，两个在异乡说着方言的人/……/用黄金的词语造一座宫殿/用一季一季的野草为思乡招魂。"改革开放四十多年，也正是大移民的四十多年。对于有幸见证这个伟大时代的一代人而言，怀旧差不多是每一个人的通病，而诗人，因为有了这个病灶，诗歌才更有滋味儿。其实这不是怀旧，一定程度上，是诗人的根与魂，是诗人对生养他的土地的依恋。正是那一方脚下的土地，奠定了诗人诗歌的底色、锁定了他语言的基因。

心若安处是故乡。诗人在新疆生活了十五年，早与这片土地融为一体。他后期的诗作，虽然为数不多，仅占作品总数的五分之一，但从这些诗作中不难看出，那些生于斯长于斯的事物，它们的脾性、特质已植入他的骨髓。《七月的西域》他这样写道："不远处，叶尔羌河混浊、迅猛/在奔跑中压抑着低沉的嘶喊——"其实，嘶喊的不仅是叶尔羌河，还有诗人自己。人到中年的那份沉重、压抑跃然纸上："这是西域，从清晨打开，到深夜合上/……/时光带不走一片落叶，只会带走/破碎的自己。"（摘自《七月的西域》）诗人将自己在清晨打开，到深夜合上，一遍遍翻开过往，撕扯、审视。那个不再喜欢自己的中年人，有着破碎的情感与心灵，但最终，他与自己和解、治愈在浪漫的西域七月："这是七月，绿洲大片的绿，纷纷扰扰／这是七月，天空湛蓝，流云像悲欢／……／这是七月，是万寿菊肆无忌惮盛开的季节……"（摘自《七月的西域》）

你是否有过这样的生命体验：当你置身浩瀚的苍穹之下，茫茫的戈壁荒漠之中，感觉自己渺小如同蝼蚁或沙尘？当你的思绪泛舟时间的河流，感觉自己细微如同浪花或水滴？如果你身处这样的外部环境，此时青春远去，爱逐渐消退，生命也将日渐凋零，你的精神是否会出现巨大的空洞与虚无？这是一件多么令人恐慌的事情。作为诗人的李文，他的感受更甚。诗歌《七月纪事》他这样写道："古丽，今夜如此安静／你像静夜中的一座孤岛／那个在想象中登陆的人／死于想象／……／古丽，这是空空的戈壁／需要这一世的寂寞／衬托出巨大的空／今生和来世　无法填满的空。"然而，李文是幸运的。拥有爱与被爱的能力，是一个人幸福的前提与基础。他是如此的坦诚，真实地面对自己的过往与每一次成长。他有幸福可以回味与咀嚼，使他不会被这种空洞与虚无所吞噬。诗歌的结尾他写道："古丽，请把我的名字拿走／一个没有名字的人，才是幸福的人／一个没有名字的人，爱过三个下落不明的女人。"

李文高中、大学时期的作品比较直抒胸臆。随着生活阅历的增加,他后期作品有了一定的变化。情感表达更为隐晦,文字内涵更为丰富、有力,更能抵达读者内心,唤起共情。比如《懦弱的恰叶》。这首诗的诗眼在于"懦弱"二字:"人世多么美好 / 可是夜多么长啊。"两句诗十三个字,胜过千言万语,道尽人间百味,人世百态,耐人寻味。"人世多么美好 / 你的笑靥……和泪水 / 足以让一个懦弱的恰叶 / 死一次 / 再活一次。"这既是爱的力量,也是文字与诗歌的力量。让事关生死的大事,如此轻又如此重。

人到中年,诗人李文对于生活、对于情感、对于现实命运,有了更为深刻的认识:"公平是一碗清水 / 你抢我夺 / 谁能端得平 / 几个争执的人 / 商量着要砸破这只碗。"(摘自《公平》)"砸破这只碗"短短几个字,揭示了人性的丑陋。何必成就他人,不如砸破希望。尽管如此,他仍对美好事物怀有永恒的期盼。此时,他显得更为清醒、坦然与淡定。他渴望博爱、仁义与公正。正如《春天》:"还是春天好啊:暖和 / 又不会嫌弃哪条虫丑陋 / 也不会遗忘一根卑微的草。"《风吹过》中他这样写道:"风吹过,什么都没说 / 时间带来的,时间会带走 / 风吹过人间草木 / …… / 百年之后 / 只有草木,

依然在风中轻摆 / ……/ 七月，所有的花都盛开了 / 我不忍心写出凋零。"

行走，才是诗人的生命，也是诗人的成长。李文经历了他该经历的生命体验。陕西西安、云南、上海、浙江、宁夏、新疆泽普，诗里有他颠沛流离的困倦。当然，也有他安身立命的小幸福："命运，请轻一点儿对我敲打 / 生活这辆车太颠簸 / 我需要抱紧自己 / 才不至于散开。"（摘自《请求》）幸运的是，生活的困顿并没有泯灭诗人的心性。他一直珍藏着感恩。《成长记录袋》："良心做证：它里面记下的 / 全是感恩 / 而那些刻意的伤害 / 我早把它交给了没心没肺的时光 / ……/ 谁活着都不容易　活着的人 / 都是勇士 / 都是我的兄弟姐妹 / 如果死亡有一天带走了我的肉体 / 请你打开它：里面只有一颗心 / 因为无力负担对人类阔达的怜惜 / 而微微颤抖 / 它曾经热爱万物 / 它依然眷恋着人间烟火。"从少年到中年，这个成长的过程，是诗人不断审视、不断妥协、不断删繁就简，最终走向平和的过程。《照镜子》："这张像被黑板擦一样的世事 / 擦干净了表情的脸 / 这双曾经明亮的眼睛 / 被欲念一盏一盏熄灭 / ……/ 时光以残忍的方式 / 在一个男人的身上成功地 / 实现了和平演变。"这是一种接受时光的洗礼知天命的平和，也是一种对青春流逝的坦然。

李文的这本诗集共一万八千多字，一百零三首诗，共分四辑。第一辑"青春挽歌"三十二首，写的是青春与爱情。第二辑"思想碎片"三十五首，主要是对生活与命运的思考，是思想的升华。第三辑"一封家书"十六首，写的是亲情与乡愁。第四辑"人到中年"二十首。这些诗歌大多数是高中以及大学时创作，虽然稚嫩，但热情而真诚。工作之后创作的占比仅为五分之一。作品时间跨度为二〇〇〇年至二〇二三年共二十三年。

生活给予我们痛苦与泪水，我们却报以生活诗与歌。这是一种豁达与浪漫。"居高声自远，非是藉秋风"。在高处抒情，在低处生活，饮下的就不是泪水，而是清露；感叹的就不是苦痛，而是流响。希望诗人李文可以保持对文学对诗歌的热爱，为生活高歌，为时代劲蹈。正如他在诗歌《梦中的选择》中所言：

……………

像一粒种子

我落在这方贫瘠的土地

像一粒种子

我选择了在这方苦土上生长

…………

心灵中有一方净土

那里生长着

我的诗

我的歌

…………

人的一生充满着选择

选择流浪

在流浪的途中吟唱我的诗

吟唱我那被爱浸得湿漉漉的诗

诗中有我的亲人

诗中有这方苦土上劳作的人们

那时候

大地上一定开满了一些叫不上名字的花朵……

最后，祝福李文。

目录

第二辑 思想碎片

第三辑　一封家书

第四辑　人到中年

后记：边疆小城十五年

I

第一辑

青春挽歌

献　诗

一

我把能给你的全给你

包括诗　包括眼泪

二

什么样的恐惧让我拒绝喊叫

什么样的爱情让我无言

第一次遇见你

那一瞬间

我被按了暂停键

我的目光比轻还轻

我怕

看疼了你

听 雨

听雨　听雨在屋外温柔地落下来

恍惚中仿若你的耳语

细细密密　温温婉婉

在我的耳边萦绕

停电的午夜　我静静地坐在窗前

任墨黑的夜色将我淹没

黑暗的内心

被你的笑靥点亮

小姐姐　这么长时间里

我都靠回忆取暖

靠你唇间的轻语　嘴角的笑意

靠你温软的小手　取暖

思念的小河已泛滥

烟蒂的堤岸无法堵截

小姐姐　思念像一把锋利的小刀

今夜　谁能给我止痛

你的名字

思念将我拥紧时　屋子

像一个盛满寂寞的杯子

窗外　阴云的手掌

遮住了星星的眼睛

内心的大风肆虐

我扶着你的名字才能站立

生命　无法预料

突如其来的寒冷

寒冷袭来时

我在甜美的回忆中取暖

明知相思的路永无尽头

却仍用一根根香烟去丈量

就这样将一个又一个夜晚

送到黎明的门槛

拒　绝

我拒绝给一朵花写诗

我不知道要对自己

折磨多久

才能爱上别人

有一天

有一天我消失

你不必惊奇——

我已成为空气

成为你的呼吸

有一天我失踪

你不必讶异——

我已变成你最漂亮的鞋子

被幸福压得喘气

有一天我被这个世界抛弃

你不要难过

我一定要拿走你的悲伤

像风带走最后一枚落叶

今　夜

今夜

我独自面对七只醉倒的酒瓶

我坐在一只空酒瓶里

和你说话　给你唱歌

说　服

姐姐　我拿什么拯救自己

当爱成为一种固执的习惯

我怎样才能说服自己

不要在一棵树上吊死

刘湾的雪

半夜雪还在下
我不敢确定
你是否坐在窗前听雪
可我多么想对你说说
十里之外那个叫刘湾的小村
绝对没有我们白吉村的雪大

伤 口

当爱成为疼痛

所有的药　都不起作用

所有的偏方　都无能为力

当眼睛成为伤口

我只能躲开异样的目光

用泪水一次又一次地清洗

疼　痛

姐姐

疼痛白天出走

夜晚回家

阻　止

我无力阻止今夜的雪

把一个人的心下白

我无力阻止

你为别人盛开

不　要

不要转身

不要留给我背影

不要把我

扔给我

如　果

如果一定要恨

就把你恨死

埋在心里

花　蕾

害羞的花蕾

在午夜悄悄地绽放

我轻轻地用舌尖顶出

那三个温暖的字

一个叫孤独的孩子

被重新命名

一屋子的寂寞

忽然间有了意义

我在固原的一间小房子里

小心翼翼地说出三个字

一个客居银川的女子

在梦中总共惊醒了三次

醒来后

就再也想不起自己的名字

二〇〇五年的雪

我没有对别人说过

二〇〇五年冬季

我被一朵雪花覆盖

我没有告诉别人

我坐在雪花上

却写不出一首干净的诗

老车站

你是我的老车站

我却只能在想象中

抵达你

潮　湿

在这首诗里

我要强行留下你——

你长长的睫毛

你的叹气

你的哈欠……

我要反复提到

一些温暖的词语

在这首诗里

我不会提及背影和眼泪

以及那些潮湿的夜晚

姐　姐

姐姐，好久没有吹风了
我的短发站的时间够久
不能弯腰对生活来一次致敬

姐姐，我都是一个中年男人了
除了疯长的胡须
就只剩下多余的脂肪了

姐姐，多少次我欲言又止
多少次感觉命运的手指
指向了自己

在黑夜
我一次次看见自己
在白天的梦里走散

无能为力

姐姐，尘世有多深

才能埋下

这么多无奈

那个在人世

被自己的泪水淋湿、被自己的软弱打败

又被自己的怜悯倒戈一击的男人

将无路可去

奔跑的火车

多年之后回头
你是否还站在那里
像一滴凝固的泪水
含着热气

凌晨三点的站台
路灯下你比你的影子更瘦
你把双臂紧紧抱在胸前
像要把寒冷捂热

我承诺你要捧着鲜花归来
可回来的路多么漫长
我的旧皮鞋上
落满了疲惫的灰尘

我不知道多年之后

我是否还有力量分开

火车上紧握的双手

是否有力量松开

眼眶包紧的泪水

请侧耳倾听

古丽^①，今夜的雨落在坚硬的地上
像落在谁麻木的心上，没有疼痛
世上有十万种苦难
抵不过你对玫瑰的三种想象

你以花的名字命名，却比一朵花
更顺从命运
我一直坚持对命运开门见山
却对你三缄其口，对真相守口如瓶

不要说话，请侧耳
你一定会听到深夜雨滴密集的声音
节奏匀称，不冰冷也不温暖

---

① 古丽：花朵（维吾尔语）。

请站好，一朵花

不能选择风大风小

活着就是赎罪：前生或者往生

尽管命运在白天

对谁都是一副笑眯眯的模样

懦弱的恰叶 [①]

撕裂的光，依旧锋利

人世多么美好
可是夜多么长啊

冻住的火焰
依然温暖

人世多么美好
你的笑靥……和泪水
足以让一个懦弱的恰叶
死一次
再活一次

---

① 恰叶：诗人（维吾尔语）。

短　诗

古丽，在这首诗里

我剔除过于阴冷和热烈的词语

只想找一些柔软的句子

写出喜悦

如果可以

请删除我的过去

收走我的语言

格式化我的记忆

焚毁我的梦想

如果可以

让我最后看一眼这滚烫的大地……

风吹过

古丽，风吹过你，也吹过我
风吹过，什么都没说
时间带来的，时间会带走
风吹过人间草木

古丽，人生如坟墓
该埋葬的不该埋葬的——
百年之后
只有草木，依然在风中轻摆

古丽，只需要一次相逢
一瞬绽放的笑容
就能粉碎我所有的幸福
只有美，才能戕害美

古丽，风过无痕

大地锦绣

七月，所有的花都盛开了

我不忍心写出凋零

七月纪事

古丽，今夜如此安静
你像静夜中的一座孤岛
那个在想象中登陆的人
死于想象

古丽，请拿走我的骨头
轻于鸿毛的骨头
抵不住你的一滴泪
碎裂的光，没有声息

古丽，这是空空的戈壁
需要这一世的寂寞
衬托出巨大的空
今生和来世 无法填满的空

古丽，请把我的名字拿走

一个没有名字的人，才是幸福的人

一个没有名字的人，爱过三个下落不明的女人

七月的西域

这个季节，核桃还有一颗柔软的核

早起的鸟儿在枝头静默失声

不远处，叶尔羌河混浊、迅猛

在奔跑中压抑着低沉的嘶喊——

这是西域，从清晨打开，到深夜合上

像寂寥的历史，一卷中间留白的诗书

时光带不走一片落叶，只会带走

破碎的自己

这是七月，绿洲大片的绿，纷纷扰扰

这是七月，天空湛蓝，流云像悲欢

这是七月，简单、直接，不需要多余的修饰

这是七月，是万寿菊肆无忌惮盛开的季节……

再来一杯，朋友

昨夜的细雨，越下越轻

越下越轻——

它有理由怜悯：再坚硬的大地

除了承受，不会喊疼

它干净利落，从不拖泥带水

它不像不幸

肢解笑容，收藏泪水

盛夏六月的阳光，过于

阴冷

把你的玫瑰收起来

别心存幻想，别向深渊凝望

再来一杯，朋友

只需一杯，我就假装醉了

叶尔羌河畔陈旧的词语

长流千年的叶尔羌，不说深情
万年戈壁石，在时间的长河中浸泡
亘古的风，穿过戈壁、叶尔羌河，穿过我
穿过人间草木

撕裂的光，又能照亮谁的暗夜
这散碎在叶尔羌河畔的中年
唉
深爱过的三个女人
一个早已嫁作人妇
一个远走他乡，杳无音信
一个身陷囹圄

散落在叶尔羌河畔陈旧的词语
谁又能一一捡起
洗净岁月的尘垢

献诗：五月

这是五月，所有的花，都有相似的名字

所有的颂歌，词意暗暗指向同一个方向

暮春深处

只有词穷的恰叶，深锁眉头

打开词库，翻拣陈旧的词语

怎么找也找不到一个合适的词

抵达你

唉，这黯淡的春天

需要你嘴角浅浅一笑

就能重启

美，从来都很直接

不需要修饰

三生三世

古丽，前世我横戈立马
屏蔽世间温柔
今生庸庸碌碌
为碎银几两，刨刨拣拣

在南疆，你回首、微笑
让一个恰叶
瞬间遗忘了前世
再也找不回今生
这人间五月
一转身
就是一世
一闪念
就是一生

古丽，请允许来生

在十万颗星火指引下

为你挑选最干净温暖的汉字

打造一座词语的宫殿

与前世今生的你

——相遇

古丽：最后一首情诗

当我说出：古丽

暗香浮动，所有的花

在这一刻悄然盛开，又瞬间枯萎

美，是一种姿态

世上百花，只能暂避锋芒

古丽——这是一个动词，也是一个形容词

当我说出，就已承认我的贫乏

所有的赞美，溃不成军

需要蓄力，鼓足一生的气力

说出这两个字：古丽

这是唯一的一把钥匙

这是天堂在凡间的唯一一次重启

词语的宫殿　轰然倒塌

古丽，人间如此简陋

盛装的修辞甚至描不出

一对蛾眉

只有雪花略略有资格，与你一起

同时在一名恰叶的诗中先后出现

让一个男人羞于启齿地说出：

我爱过整个冬天

一只远去的鸟

这是在风雪飘摇的村庄

空寂无人的村道上伫立着你的身影

一顶绿盖头

遮住你飘逸的黑发

一生的风雪在我的眼前飘舞

我站在村头遥望

我知道

有一条无法逾越的河流

在我们之间浪涛滚滚

我仰起头

雪花大朵大朵从天空飘落

心中却有千朵万朵鲜艳的苜蓿花

在我们青梅竹马的童年旋舞

苜蓿丛深处

一些温存的细节仍在纷纷扬扬地盛开……

II

第二辑

思想碎片

人　生

为了舌尖的一点儿蜜

咽尽了生活的苦

所谓人生

就是从针眼穿过

不说疼

另一种可能

上帝关上了一扇门

却不打开另一扇门

还把窗子焊得结结实实

你拿着铁锤

没有錾子

人　啊

主，请赐我两盏灯笼

再赐我两只眼睛

在尘世我是多么轻　多么细小的风

都能让我摇晃

我左手抓一把爱，右手抓一把恨

保持身体平衡

兄　弟

这一对难兄难弟
相互扶持、相互瞧不起
好像他们的使命　就是
折磨对方并让自己感到疼

身体和灵魂　这一对宿敌
相互诋毁，妥协，纠缠不休
低就低到地上　高就高过天堂

捉迷藏

我藏在被废弃的仓库里

得意了十几分钟

可我越来越焦急

我不知道捉我的人

都去哪儿了

我越来越害怕

我担心捉我的人

找不到我

我不得不在仓库里

弄出很大的响声

成　熟

第一次看见有人穿着皇帝的新衣

沾沾自喜

我在沉默的人群里

大声叫嚷——

笑他光腚

我的嘴巴因此挨了几巴掌

第二次……

第三次……

第四次我看见有人光腚

我捂紧了自己的嘴

现在我看见更多的人

喜欢光腚

我站在人群里

我听见有个孩子在大惊小怪……

春 天

还是春天好啊：暖和

又不会嫌弃哪条虫丑陋

也不会遗忘一根卑微的草

公　平

公平是一碗清水

你抢我夺

谁能端得平

几个争执的人

商量着要砸破这只碗

劝　架

大家都别吵了

我们穿的、用的、住的

哪一样不是租的、借的

时候一到　被死亡全部收走

怀　念

有很多人和我一样
在城市高分贝的街道
怀念鸡鸣虫唱的乡村

有很多人和我一样
吃着羊肉泡馍
怀念黄米饭和咸菜

有很多人和我一样
希望毕业了能留在这座城市
满腔深情地怀念乡村

请　求

命运　请轻一点儿对我敲打

生活这辆车太颠簸

我需要抱紧自己

才不至于散开

致　谢

——写给朋友们

如果我是一块冰

寒冷只能让我更坚硬

只有温暖

才能伤害我

审判日

那些被爱恨支使的灵魂有罪

那个痛苦过的灵魂

早已被赦免

尚义街

我没有梦见老虎

我梦见一只老鼠

灰黑色的皮毛

小小的老鼠

在午夜过街

秋　天

一只苹果隔着一棵桃树

望着一只梨

在整个花期　它们有过一些暧昧

知道谁和谁好过

见过一些黄花　也知道

有一些花只顾着美

没有在枝头站稳

就被风雨摧毁

一阵微风拂过　模样诱人的苹果

晃了晃

汁水饱满的梨

也晃了晃

关于时光的秘密

它们守口如瓶

一株麦子

一株生长在

城市草坪上的麦子

像意外　也像故事片中

节外生枝的情节

它有过怎样的经历

又是怎样被当作草籽

埋进城里的泥土　从什么时候开始

它才发现自己是一株麦子

并将怀孕的心事深藏

羞答答地抽穗

草的目光复杂

行人满脸诧异

它肯定有过挣扎　惶惑　彻夜失眠

羞愧于自己不是一根草

它看起来有点寂寞　缺少

与另一株麦子的沟通

它肯定是一粒来自乡下的麦种

还不懂得与草保持一致　还不懂得

垂下头颅

它肯定不符合割草机的审美

也不符合草坪管理者的初衷

一株比草站得高的麦子

见识肯定比草广

一株昂着头的麦子

不知能否

放下骄傲，学会谦卑

生　活

如果能停下来　请允许我

抽一支烟　喝一口茶

喘一口气

我还没有学会平静地面对

这慌里慌张扑面而来——

热气腾腾的生活

疼　痛

我也有和你一样的苦衷：

会突然失重

头重脚轻像要飘起来

但我总是会及时地掐自己一把

让疼痛

把我拉回来

原路返回

那个在夜色中原路返回的人

注定有些孤单

多年前他丢掉行囊里的东西

轻装上路

如今他原路返回　借着星星的烛光

刨刨拣拣

出发的路短暂　回来的路

又是多么迢遥

他站在出发的地方

好像从未出走

多么荒谬　送出去的是一只小鸟

还回来的是一只不停刨食的肥鸡

身　体

前三十年我折腾它

后三十年它折腾我

百年之后

身体归尘

灵魂归天

我们好聚好散

生 病

更早的时候埋下的伏笔

如今被迫交代

它更像一个讨厌的插播广告

自己消费　自己买单

它时刻提醒自己：

不能得罪别人　也不能

怠慢了自己

观看一部电影

此时刚开始　天空高远

情节温馨，色彩简单

他们是少年玩伴或者

青梅竹马，两小无猜

时间还未露出狰狞的一面

命运也似乎颇为垂青

他们毫不知情后来的背叛、出卖

他们此刻玩闹嬉戏，用美好印证美好

每回，我看到此处，都按暂停键

就像在热闹的聚会中，我总是在高潮时离席

像一个懦弱的诗人

没有勇气为生活中的真买单

简单叙述

未婚的小王在文化巷已卖了三年菜

二月中旬有个叫小丽的姑娘在小王的

对面支起了菜摊

卖菜的小王爱上了卖菜的小丽，小丽

不理小王

失恋的小王在啤酒屋喝醉了，哭得很伤心

第二天小王消失了，没人知道他去了哪儿

三月二十八日，有人看见小王在火车站

卖熟鸡蛋

幻　想

那些被误解的人

在这首诗里

我要为你们

——正名

那些被侮辱的词语：

小姐　朋友　诗人……

我要为你们重新命名

渴　望

我多么渴望

能赶着一驾马车

经过这座城市

让所有看见这一情景的城里人

目瞪口呆

尽管心里很得意

可我会装作满不在乎的样子

赶着马车

并在交警到来之前

逃之夭夭

静　坐

我常常在一首诗中

阴谋和一个长相平凡的女子私奔

这和爱情无关

我不爱她　也不爱自己

我只想让认识我的人感到

吃惊　不解　措手不及

在这首诗里

我和那个女子私奔时

一点儿也不惊慌

待静坐在火车上

我会恶狠狠地想

生活　我终于……

葡　萄

汁水饱满的葡萄

如果只是甜

如果没有时光的挤压

那回忆又将如何把它重新

挂上枝头

一只鸟

一只鸟逆风飞

它飞了很久　飞了很长的路

风沙中鸟　伤痕累累

但它无法停下来

它怕停下来

再也没有飞的勇气和力气

天空不只有风沙

还有冷霜和冰雹

一只鸟在飞

有多少只鸟

在笑它自讨苦吃

这些鸟在大树的密枝里

筑巢　繁衍　生息

飞翔的鸟看见

鸡们在快乐地刨食

鸭们在快乐地啄泥

一只鸟在飞

它知道自己是一只什么鸟

它知道即使停下来

它也得不到刨食的快乐和啄泥的乐趣

鸟不知道还要飞多久　还要飞多远

一只鸟在飞

叶尔羌河

只有你　叶尔羌

这样轻而易举地

把我所有的词汇拿走

把我所有的记忆拿走

把我的软弱拿走

戈壁滩中的叶尔羌

绿洲中的叶尔羌

混浊的叶尔羌

干涸的叶尔羌

请允许我静静地站在你的河岸

请允许我轻轻地看你一眼

请允许我

把空旷留下　把悲伤带走

戈　壁

我站在你的一望无际里

你有盛装的荒凉

我也不必急于掏出空空的口袋

我们做到了不交流、不赞美、不对抗

我们不拖累对方

我们各自守着自己：

只需轻轻念出自己的名字

云南：一个叫石林的地方

当绝望有了硬度　远处

夜幕逐渐迫近

这么多站立的石头

扶不起一个双手抱头

慢慢矮下去的男人

就让他俯下身子吧

就让他把自己当作

石林的一根草

只有这样　他才能把卑微放下

把绝望的铁藏进石缝

岁月　有更温柔的肠胃

洗　澡

步入社会之后
我喜欢上了洗澡

妈妈说
一水洗百净

可是妈妈
好多人假装喜欢洗澡
却把心藏起来了

西域歌者

你就是巴扎①的心跳

这是一场没有预谋的告白

一个人　一把冬不拉

背影苍茫

我循着你的歌声而来

直至被歌声掩埋

我的那声叹息

子弹般击中自己

———————

① 巴扎：集市（维吾尔语）。

酒　场

年轻的时候

酒越喝

身边的人越多

喝至半酣

搂着身边陌生人的脖子叫——

兄弟

人到中年

酒越喝越清醒

越喝，身边的人越少

最后，只剩自己一个人举着杯喊——

干了

叶尔羌河叙事

一

我是否隐忍着叙述，艰难地抒情

叶尔羌，像巴郎爱上西域最美的女子

情愿俯下身子，从岸边一根芨芨草吻起

这是一片一片像玉碎的雪花

赶一场没有归期的誓约

即使戈壁，即使沙漠，即使千里奔赴

你也要把自己冰冷的吻

印在西域七月滚烫的胸膛

这泥沙俱下的爱，需要一整套十二木卡姆^①

彻夜地赞颂

---

① 十二木卡姆：新疆维吾尔族一种大型传统古典音乐。

二

我日日沉湎于对一条河的绝望叙事

混浊的叶尔羌，更像沉默的父亲

我对它的历史略知一二，我的浅薄

更让它显出深沉和威严，我的企图

更让它显得扑朔迷离　无法言说

在它面前，历史显得无知，语言显得聒噪

也许上苍早已丢失了钥匙

我曾多次试图破译这条河的秘密

站在河边

戈壁呼啸而过的风，带着被沙漠掩藏在

深处的咒语

穿过我

III

第三辑

一封家书

游　子

每一个游子

都在与故乡相反的路上

向故乡接近

那个在外多年的游子

多像一封绝望的家书

老　屋

这两间老房子被时光用旧

整整二十五年　我不断出走又回来

它是始点和终点

是我的宿命

二〇〇九年新院子落成

家人搬迁

我的童年、少年、青年

被永远留在房前的土院子上

来来回回踱步

二〇一〇年我特意去看它

希望和过去和解

我们都知道

它等不到我再一次回家

用目光为它擦去时光的锈

白吉村

我就是那张

粘在老屋泥墙上的旧报纸

被命运抠下来　带离故土

多少年过去了

上面依然是这个村子的

老新闻

火车　火车

火车载满旧时光

始终在所有人背后

咣当　咣当　咣当……

停不下来　也快不起来

摇不醒一戈壁沉睡的寂静

唤一声麻雀妹妹

叫一声麻雀哥哥

进疆的列车　准时到站

庄　稼

当天空不再流泪的时候

父亲就是一株走动的庄稼

眼里写满焦渴，这时候

枯萎的麦苗和消瘦的父亲

都需要一场雨的滋润

庄稼是父亲一生的孩子

而曝晒在异乡工地的弟弟

是让父亲

最最揪心的那株

民 工

有那么多诗人　那么多作家

写民工

我父亲是民工　我弟弟是民工

可我在纸上写下民工两个字后

再也

写不出第三个字

妹妹（一）

妹妹在电话里说——

哥，我想你了……

我疼我的妹妹

但生活不会疼任何人

我上大学

妹妹就必须辍学

那时妹妹十四岁　很瘦

在山地帮母亲干农活的妹妹

常常让我想起风中的小草

面对像小草一样无助的妹妹

我却没有能力

为妹妹遮挡故乡的风沙

父　亲

门前有一座山

小时候父亲常常站在家门前

望山

山上的麦苗枯黄

天空始终蓝蓝的

偶尔有一片干燥的云匆匆飘过

那时候

家门前始终烟雾弥漫

天黑了

父亲手中的旱烟明明灭灭

父亲不知道

那时候　他就是一座山

我们兄妹仨就是山上的三棵小草

在他的汗水浇灌下

一点一点长大

风

风扬起沙土

扔在另一股风的脸上

风穿过空荡荡的村庄

把路上杂乱的脚印抹平

春天的深处

母亲在山地独自耕种

风跑过母亲身旁

将母亲的围巾拽下来

扔向天空

城市的一隅

父亲和弟弟望望太阳

低头握紧铁锹

风扬起沙土

扔在父亲和弟弟满是汗水的脸上

风穿过这首诗

留下尘土

渐渐将这首诗覆盖

西海固的洋芋

藏在暗处，躲过了烈日的围剿

紧紧咬着牙，挨着干渴的蹂躏

西海固的大地怀抱着季节最后的悲悯

悄然隆起的干燥土堆，像贫寒的母亲

无处可藏的一点儿喜悦和骄傲

十年九旱的故乡，它养活了多少

西海固的儿女

每一个被滋养的圆圆实实的小伙

像洋芋一样

在祖国的大江南北，不管命名为

土豆或者马铃薯

无雨的日子里咬牙坚持，有雨的

日子里落地生根

妹妹（二）

暑假里

妹妹和村里的女人们去了新疆

新疆的田野

有很多零碎的纸张

我五年级的妹妹

将它们拾进竹篮

就可以坐在教室里读书了

暑假里

妹妹去了遥远的新疆

新疆的田野

有很多金黄的麦穗

我脸色苍白的妹妹

微微地含着笑

拣拾着自己灿烂的梦想

梦中的选择

鸟选择了树

栖息其上

鸟选择了天空

飞翔和歌唱

鱼选择了海洋

休憩繁衍

鱼选择了海洋

追波逐浪

像一粒种子

我落在这方贫瘠的土地

像一粒种子

我选择了在这方苦土上生长

母亲啊母亲

您选择了呵护和喂养

您选择了我

像大地选择了幼芽

我只是一朵苦菜花

为了我生长

父亲怀揣信念的火焰

寒冬腊月彳亍在异乡

为了我继续读书

唯一的弟弟选择了工地

弟弟的梦想

在泪水中一瓣一瓣凋落……

心灵中有一方净土

那里生长着

我的诗

我的歌

在这方苦土上

我的心灵始终在流浪

它没有栖息的地方

也没有明确的方向……

人的一生充满着选择

选择流浪

在流浪的途中吟唱我的诗

吟唱我那被爱浸得湿漉漉的诗

诗中有我的亲人

诗中有这方苦土上劳作的人们

那时候

大地上一定开满了一些叫不上名字的

花朵……

旱

家是一株植物

当更大的干渴袭来

弟弟放下课本去舀水

在夜色中静坐

遥想父亲

拖着病体去异乡舀水

水啊水啊

我听见今夜水声汹涌澎湃

不可遏制……

送　别

念完高三补习班

我送走上本科的朋友

上大专的朋友

上高职的朋友

我送他们一个个坐车离去

抽着烟蹲在路边

长途汽车扬起的灰尘

慢慢落下来

那时候还不懂得伤心

我没有收到一张通知书，不知道该去哪儿

我发愁的是

怎样才能把自己送走

方言，故乡

曾经认为，远方等于梦想

像一头骄傲的毛驴，追逐拴在头顶的

胡萝卜

踏过十万座山，涉过十万条河

十万颗星星见证我一路跌跌撞撞

面对歧路远方，用自己的体温点灯

也曾在字正腔圆的声调里彷徨，像一个

热爱唱歌的结巴

含着石子练习，努力不在合唱中跑调

一次次受伤，方言，多像一个刚刚入城

生活的男子

身着西装，但脚上穿着母亲做的布鞋

但这温暖多么奢侈，两个在异乡说着

方言的人

有土豆不能对青菜言说的幸福

像两只准备出嫁女儿的鼹鼠，享受偷窃

带来的喜悦

用黄金的词语造一座宫殿

用一季一季的野草为思乡招魂

·

冬日的叶尔羌

空空的河床

流满夏日的回忆

瘦下来的叶尔羌

清澈、文静　带着一丝雪山的凛冽

戈壁的风

吹过空空的河床

吹过一个走失在西域大漠深处的游子

空荡荡的大半生

IV

第四辑

人到中年

颂　歌

这么多年　我一直
在高处抒情
在低处生活

风从不同方向
吹向万物　是慈悲
神不拿走我的孤独
不让我双手空空

必　须

对待生活

必须粗暴一点儿

忍着痛咬着牙

砍去多余的枝蔓和冗长的情节

剔除油腻的脂肪

直至露出骨头

直至坦露出一个中年男人的

残酷和柔情

春 天

春天先从一场沙尘开始，像一首

最美的诗

必出自一个诗人对自己的折磨

像黑暗分娩光明

经过寒冷淬炼的春天

依然有一颗温暖的心

成长记录袋

良心做证：它里面记下的

全是感恩

而那些刻意的伤害

我早把它交给了没心没肺的时光

——如果记录这些才能成为强者

除了伤害自己　你尽可以说我懦弱

谁活着都不容易　活着的人

都是勇士

都是我的兄弟姐妹

如果死亡有一天带走了我的肉体

请你打开它：里面只有一颗心

因为无力负担对人类阔达的怜惜

而微微颤抖

它曾经热爱万物

它依然眷恋着人间烟火

中午的小区

几个小女孩

在跳皮筋

"周扒皮呀周扒皮

半夜三更来偷鸡……"

太阳光有些强

我坐在树下的石凳上

在蝉的催眠曲中

陷入更深重的阴影

一枚树叶故意松手

让阳光的小镜子

晃得我眯起了双眼

我不认为我在梦游

几个在跳皮筋的小女孩

让中午的小区

陷入更浓重的睡意

照镜子

这微微凸起的肚腩

这些肥厚脂肪日渐油腻的庸常生活

这张像被黑板擦一样的世事

擦干净了表情的脸

这双曾经明亮的眼睛

被欲念一盏一盏熄灭

 "您赐予的

您要收回去"

时光以残忍的方式

在一个男人的身上成功地

实现了和平演变

午睡醒来

你还在熟睡

还是睡觉之前的那个姿势

房子里很安静　打开的窗户里

偶尔传来几声模糊的交谈声

我喝水　打开诗集

将一首被睡眠打断的诗

接着往下读："一个喋喋不休的男人

忽然失去了言说的勇气。"

有一会儿我听不到你的呼吸声

而房子忽然空旷起来

我是如此的软弱　轻易地就相信了

这是主的安排：你就那个姿势

一直睡下去

我正在读的这首诗，一直读不完

羡 慕

小孩甩着胳膊

声嘶力竭地哭

眼泪哗哗地流

我站在街上

看小孩妈妈边给孩子擦泪

边揉着孩子摔痛的膝盖

转到街角　我学着孩子

扭着身子、张嘴、挤眼睛

橱窗里一个灰头土脸的男人

张着空洞的大嘴巴

挤着干涩的小眼睛

已不能熟练运用这些

人类的道具

如果能哭出声

流出泪

大街上一个哇哇大哭

泪流满面的中年男人

又到哪里去找一个

擦眼泪的人

云南：马丽，马丽

一头被命运蒙上眼睛拉磨的驴
转着转着便辨不清方向

一只圣诞夜的苹果露出羞涩的笑
那个躲在后厨的少女，满脸绯红
彩云之南的冬天，奇怪得冷并热着
马丽，马丽，我情愿我只是在一场梦中
迷途
两个小餐馆的服务生，我端惯盘子的双手
无力托起一个女孩沉重的憧憬和对未来
的虚构
那是几路公交车？如此缓慢地驶向火车站
窗外，你皱皱的小脸仿佛被我的目光黏住
你欲言又止的双唇，仿佛要说出
……这样最好，彩云流浪在向南的路上、

河水向东不舍昼夜

我坐在明亮的办公室，始于缅怀，终于

缅怀

秘　密

两个醒着的人究竟有多远

抱紧双臂

站在彼此一米之外的天涯

风裹挟着暗语

在一米宽的峡谷中吹过

两个睡着的人

摊开双臂　张开双手

在梦中练习拥抱

更大的风

一遍一遍吹过黑暗的旷野

习惯奔跑

一个人在黄昏奔跑

从城市跑到乡村

又从乡村跑回城市

来来回回

一个人把满满两耳朵城市的噪声

在乡村放下

又把乡村的泥土

捎到城市并悄悄蹭到街上

一个人被夕阳之美追逐

在暮色中奔跑

一个人在夜色中奔跑

逐渐倾斜的肩背

是不是不堪逐渐压下来的浓重夜色

他按记忆中的路奔跑

他在奔跑中点燃自己的心

一颗亮着的心

照亮不了别人　却可以

照亮自己

这样微小的亮光

像黑夜小而硬的核

南疆的中午

桑葚熟了，时不时掉下来

葡萄藤还在缓慢爬行

村道无人　田地里西瓜咧嘴无声地笑

寂静像浓重的睡意

落在村庄，黏稠、滞重

坎土曼^①斜靠在墙角

南疆的七月　中午的阳光炽烈

一只羊　吃多了甜瓜

醉醺醺的从路的拐弯处

走过来

步伐沉稳

只是看了我们一眼

---

① 坎土曼：新疆少数民族的一种铁制农具。

再没有看第二眼

它忍住没有叫　可能不想喊醒

酣睡的村庄

黄　昏

有轻风，刚好能吹动你的刘海

我在假装看报，其实在

假装不经意地，看你

你带着一点儿满足的倦怠

与孩子聊天，孩子还算听话，学习也还行

只是听你唠叨时带着一丝漫不经心

有多长时间没有好好看看你了

几年前听一个好久不见的朋友说你老了

你还偷偷哭过鼻子，而今

你眼角又多出几条岁月的印迹

我们都慢慢习惯了

时光之刃温柔地杀戮

小 安

一条小河

忽然断流

一棵长得好好的树

被拦腰砍断

一句谜语　说出了上半句

他躺在那里

不再听到歌声

再也看不到鲜花

不再听到新婚妻子的哭泣

老人的哀恸……

不——

他肯定藏起来了

他只是想捉弄我们

他本就是个没有长大的孩子

他肯定躲在哪个角落

一脸坏笑地想：

　"我就藏起来让你们找不到，看你们

能把我咋的。"

中年生活

这首小诗必须

有雷鸣闪电　滂沱大雨

以及一条平静的河流

在平静的水面下的

汹涌

想象中低飞的鸟儿

死于想象

活　着

我们都在用力活着

带着一身伤

在尘世的铜墙铁壁中

跌跌撞撞

越用力

越疼

这尘世镶嵌在血肉中的沙

像蚌暗含命运的密码

这是造物唯一的恩赐

越疼　越用力

命运的手指

指向——

等一场雪

一场雪

在天山之南

纷纷扬扬、铺天盖地、无边无际

一场一场

落在想象中、现实中、梦境中

天山之南

这场大雪以纯净的白

猝不及防地覆盖了

一个人全部的苍白

年终体检（组诗）

颈椎病

它告诉我们

不能仅仅盯着眼前

适当的也要抬头

望望蓝天

关节炎

年少无知，和整个冬天犟

衣着单薄，和寒风硬杠

人生四季恩怨分明

你不按规矩出牌

你不是尻人

它也不是孬种

蛀　牙

蓄谋已久

现在才一点一点疼

可能你一直认为

它属于你，不需要打理

刚开始，你以为它只是

闹闹情绪

没想到它已决心

倒戈一击

唆使疼痛

把你的白天黑夜凌辱

去诊所、医院救治无效

无挽回余地

必须忍痛把它干掉

这个年龄，往往都是两败俱伤

足跟痛

人走在路上

忽然有一天

它用重锤从下面击打

它迫使你思考

别只顾埋头走路

你是不是带着身体

走错了路

高血压

高一点儿

天空就开始旋转

——不是旋转木马

低一点儿

大地就变作洪荒巨兽

开始蠕动、起伏

不高不低

是恪守的红线

生活从某一天开始

信奉中庸之道

写给生活的情诗（组诗）

——致法图麦

二〇〇六年四月一日

造物主让两个傻子　在这一天相识

郊外的原野　一棵小草正在打量

另一棵刚刚钻出泥土的小草

去年栽种的一大片树木　披上了

淡绿的新衣

笑声是羞怯的　空气是新鲜的

就连天空　也刚刚被一场细雨

擦拭得干干净净

练　习

快毕业了　我才仓促地翻开

这一门新的学科

试着从你的名字、神情、眉眼

开始做落后的功课

首先从两元钱一碗的素面开始

从这座城市的每一条街道

以及陌生的小巷开始

从我假期在工地当小工的故事

开始

经过那些手握玫瑰的女孩身边

你骄傲得像公主

因为你的双手　握的是爱情

你嘻嘻哈哈经过肯德基、麦当劳

吃着两角钱一串的素鸡

以至于我的回忆

被那一串串香喷喷的素鸡

散发的香气模糊

二〇〇六年的秋天

我啃着那份鸡肋一样的工作

——被绑在头顶的胡萝卜牵引

青春的肠胃　总是有些疯狂

它从你的棉鞋开始

到棉衣

那年的秋天　秋雨总如外婆

没完没了地唠叨

你穿着凉鞋蹚过一洼洼雨水

在一阵紧似一阵的北风中

抱紧双臂　在电话里给父母描述

棉鞋里面有一层羊毛

棉衣是纯棉的

多年之后你还在振振有词地辩解

——那不叫牙齿打架

嗒嗒 嗒嗒　那是爱情来临时

欢快的伴奏

站　台

我把站台留给你　把你的

抽泣声留给你

把汽笛声留给你

把我坏坏的笑容留给你

把这座空城留给你

而我唯一的行李是自己

我要把自己带走

两　年

有两年的时间　你在一张地图上流浪

甚至比我走得更远

西安、上海、温州、昆明、兴义……

一个人的脚步　两个人的流浪

我用双腿丈量

你却在用心感知：

世态炎凉　人情冷暖

我只是一个屡战屡败的士兵

每一次丢盔弃甲归来

你却如同迎接凯旋的将军

我是你一个人的英雄

只有在你的怀抱里才能安然入睡

祝　福

你丢弃了多少颗别人给你的

可以迷途知返的丹药

你一直坚信可以说服亲情放弃围剿

你不能说服别人　却可以

说服自己：爱情也是一个国度

这个国度里不分民族

而我不高的海拔

刚好可以让你看见

两颗被祝福的星星

依偎在一起

如　果

我想是我前世坏事做尽、造孽太多

才让你今世用尖瘦的下巴、泫然欲泣的表情

用牵挂、等待、付出、忍耐、担心、泪水

以爱的名义　对我实施惩罚

我是如此冷硬　只有爱

才能让我

彻底地崩溃

法图麦　一生不长不短

时间刚够

前半生你对我好

后半生我来还债

如果有来生　我选择弃权

我再没有勇气　承受

这根爱的稻草

写 诗

请原谅在你之前

我写过太多情诗

在你之后却弃笔

——不 我只是换了一种方式

用油盐酱醋、锅碗瓢盆

写下对生活的热爱

对尘世的赞美

一路向西（组诗）

西安：西三爻村

还有大把的光阴，可以典当

月租三百元的城中村民房

一张床板　足以搁下虚肿的梦想

两元票价的双层巴士载着爱情

一直慢慢驶向西三爻村

三元五角一碗的干拌面，让年轻的肠胃

在回忆中反刍

出租房旁建筑工地彻夜轰鸣　浇筑坚硬的

青春

鸡鸣狗吠的理想　每天在双层巴士上往返

奔波

二十元的白衬衣　落满一个城市的灰尘

云南：昆明

昆明的夜绝对比家乡的夜长，三个夜晚

我重温童年的记忆：一颗星两颗星……

昆明的星星

比家乡的星星密集

十二月的昆明，没有春，只有城

流浪的风给我指路

天桥上，草坪上，街角

破麻袋下，拾荒者怯怯的目光

比高处的星星更孤独

在尚义街，我写下：

"我没有梦见老虎

我梦见老鼠

小小的老鼠

在午夜过街。"

人生只有一次相逢：

服务生马丽，把一座城的温暖给我

偶遇的小冯，给我一座城的善意

女大学生的面包，让这座城破防

湖南人王勇，江湖相见，却不能相忘

不收餐费的老板，他说这是几百年前

祖先从西北带去的缘

午夜在小巷深处民房为我弹奏汪峰

《在雨中》的那帮兄弟

一生的雨，在春城下着

在碧鸡广场，一首歌匕首般戳中我的心脏

千里之外，一个女孩内心破碎

无力找回丢失的电话号码

上海：火车站

火车，火车

胃口良好

又常常消化不良

吞进人世的悲欢离合

又吐出生活的酸甜苦辣

那个抱着整日乏力沉睡、口唇泛白幼儿的

大姐

被失联的丈夫遗弃

我们在上海火车站分别

我没有看到她在火车站

如何向世人乞讨怜悯

更多被生活遗弃的人

用欺骗的方式回敬生活

在魔都火车站，龙回大海一去不返

鱼回小塘，寻找虾米

火车，火车

这造物主的钢铁手掌

按照命运的轨迹

把一个陈旧的人

带到另一个陈旧的地方

浙江：温州市

每个人都是一座孤岛，在温州的大街上

人流从身旁汹涌而去，又潮涌而来
来的不知从何而来，去的不知去向
看不见的手指，指向——

二〇〇七年的台风有一个温柔的名字，
潮湿的出租屋，黏糊糊的欲望
听开出租车的朋友讲
温州一千零一夜的故事
他与两个女人的言短情长

厂房冰冷的铁齿，将谁的人生嚼碎
闷热，又将谁的生活发酵

雨季的温州，是诗歌的天堂
也是诗歌的地狱
那个父亲开厂、专心写诗的小兄弟
让一个少女，在自己的想象中死过一次
又安排在自己的诗歌中复活

宁夏：巴浪湖农场

黑夜中的巴浪湖，是我一个人的巴浪湖

秋风送过来蝉鸣，闪电送过来长刀

三层大楼，我一个人走过长长的走廊

身前声控灯——闪亮，身后

又——熄灭

那时候不知道，优雅的女同事

笑里藏着一把钝刀

一个山里娃，以为柏油路上摔倒

和山里一样只是沾满草屑

新疆：泽普

一路向西，在这座叫泽普的小城

尘埃落定

这里太阳燃烧缓慢，黑夜的灰烬

慢慢覆盖了一生

前半生一路向西，离家的少年郎

需要后半生

骑上马一次又一次翻越天山

后记：边疆小城十五年

这么多年　我一直

在高处抒情

在低处生活

风从不同方向

吹向万物　是慈悲

神不拿走我的孤独

不让我双手空空

——摘自拙作《颂歌》

　　三十八岁是个尴尬的年龄，既无暇向后看，也没有多
少精力向前瞻望，着眼更多的是这一地鸡毛的中年生活。整
整十五年，就在这个叫泽普的边疆小城生活。生活不是故

事，千头万绪让叙说变得艰难。我不知道我能给予这座小城什么，但十五年里这座小城镌刻在我生命里的，绝对不仅仅是盛夏如伞的梧桐和挺拔站立的胡杨……十五年，终是把异乡变成了故乡。

小城之恋

初秋的一个黄昏我和媳妇走出车站，细雨中的泽普有一丝丝冷，校友的热情和一碗热腾腾的抓饭，驱散了秋雨的凉意。吃完饭，漫步在灯光渐亮的街道，它果然小，但整洁、秀气，细雨中更像是一个披着一层神秘面纱的小家碧玉。我一直觉得人与城市之间也讲究眼缘，有些城市很美，但冷漠，不易亲近，天然给人距离感。而泽普的秀气，带给人更多的是一份亲切，像邻家小姐姐，你说不出她的美，但能感受到她的好。

作为特岗教师，我和媳妇在等待了几天后被分配到某乡镇小学，那时候还没有教师周转房，当晚我们被老校长带到他家里，晚餐丰盛，人更热情，以至我们实在吃不下了，老校长才停止"劝饭"。学校给我们收拾宿舍的几天，我们一直住在老校长家。宿舍收拾出来的当天，学校书记带我们去石油城的超市置办灶具。结账时，钱不够，媳妇转身抹泪，书记什么话都没说，掏出钱塞给我。

一个月后因工作调动我们离开了那所学校。几年后在街上邂逅老校长，我们都格外激动，紧紧握着对方的手，老校长汉语不好，他用维吾尔语说啊说，我用汉语说啊说，两个人都没有完全听懂彼此在说什么，但那份关心和挂念不需要翻译。最后两个人都不说话了，笑望着彼此。

城市也是有温度的。这座小城不期而至的善意和温暖，来自同事，来自朋友，来自陌生人。让两个异乡人怀着"人间值得"的感念，成家立业，直到几年后有了自己的"小窝"。

这座小城也见证了我和媳妇一路的磕磕绊绊，从她父母坚决反对到同意嫁给我，再到二儿子出生。有天和媳妇吵架，她说我是骗子，我说："我骗什么了，娶你还花了二十五元钱呢。"（她父母不同意我们的婚事，媳妇当初是偷偷和我领结婚证的，结婚证工本费、照像总共花了二十五元）媳妇从钱包里掏出五十元扔给我，说："还给你……"我把钱转身给大儿子，告诉他："这是你和你弟弟以后结婚的费用，咱家的优良传统一定要继承下去，可不能丢。"她被气笑了。

这座小城恬静娴雅，生活安逸，它安放着两个人的青春，一个家庭小小的幸福。正像拙作《黄昏》所写——

有轻风，刚好能吹动你的刘海

我在假装看报，其实在

假装不经意地，看你

你带着一点儿满足的倦怠

与孩子聊天，孩子还算听话，学习也还行

只是听你唠叨时带着一丝漫不经心

有多长时间没有好好看看你了

几年前听一个好久不见的朋友说你老了

你还偷偷哭过鼻子，而今

你眼角又多出几条岁月的印迹

我们都慢慢习惯了

时光之刃温柔地杀戮

对泽普，真的说不清爱它哪一点儿，五千多个日日夜夜，你的欢笑，你的眼泪，你的成长，已经与它血肉相连。自己即使有一万个理由抱怨，但就是容不得别人说它一点儿不好。

一些小事

人很奇怪，很多在别人眼里的所谓"大事"，时过境迁，你可能忘得一干二净，但一些小事，历久弥新，却时时在心头泛起。

大儿子两岁的时候，忽然肚子痛，出了一身冷汗，我和媳妇赶紧抱着孩子出门打车，夜晚下雪的缘故，天冷路滑，越着急越打不上车。一辆私家车突然停在面前，司机大哥问清原因，说赶紧上车。医院门口，我们还没有说声谢谢，大哥已经开车离去。因为慌张，大哥的长相都没有记清。有一段时间，走在泽普大街上，觉得哪位大哥都是那位好心人。那声谢谢，只能留在心底；那份感激，只能在看到别人困难的时候，能帮一把就帮一把。

二〇一五年九月至二〇一六年九月，我在泽普县委宣传部做"泽普零距离"公众号的编辑，母亲在家忽然晕倒，被拉到银川医院急救。我请假赶到银川，母亲病情危急，第一次感到惶然无助。一周后病情稳定了，小马姐打电话问情况，让我别急，在医院好好陪老人看病，病好了再回来。其实我知道，我不在，所有的工作压在了她的身上，她不但要编辑公众号发布的相关内容，还承担其他工作。而小马姐的老公在乡镇工作，一周只能回一两次家，家里还有年幼的双胞胎需要照顾。

当然，工作十五年，此类在别人眼里的"小事"很多，但这些小事，让我感念、铭记，说谢谢太俗。感谢你们在我的生命里来过。

我是个俗人，就喜欢泽普的烟火气。每逢巴扎，只要有时间，就带着孩子去赶巴扎，喜欢巴扎里老乡们热热闹闹的吆喝声，尝一尝凉粉，吃一串烤肉。有一年暑假，在四乡巴扎转悠的时候，被一位老大爷手工做的小桌子吸引，老大爷没有智能手机，不能扫描微信二维码收款，问了一大圈人，也没有换到现金。这位老大爷六十多岁了，我连蒙带猜听懂了他的意思：让我拿走桌子，回家拿钱再给他。我有点儿懵懂，老大爷根本记不住我的长相，就像我看维吾尔族老大爷，这一位和旁边那一位，他俩若换个位置，我根本分不出谁是谁，都长一个样儿嘛。看着老大爷纯真的眼神，那一刻我忽然明白泽普好在哪里——好在这千千万万个来自陌生人的善意与信任，还有维吾尔族老乡的淳朴与乐天知命的通达。

我是个表面木讷、生性敏感的人。总是被这些突然而至的关切、善意、信任击中。在《在大地上飞翔》中我曾写道："一封找不到地址的家书，怀着对世间万物、对家人、对师长友人、对那些一面之缘再难有机会相见的陌生人的深情和感念，在世间辗转，路途曲折。"

感念在这块土地上不期而遇的所有美好。

几个朋友

如果我是一块冰

寒冷只能让我更坚硬

只有温暖

才能伤害我

——摘自拙作《致谢：写给朋友们》

有一段时间工作繁忙，每天加班到凌晨两三点，下班后静（已辞职回四川创业）开车带着我和刚等几个"臭味相投"的朋友到乡里转悠，夜路漆黑，旷野寂静，我们抽烟，天南海北乱聊，放肆大笑，直到焦躁的心情逐渐平复。

还有托尔洪，隔一段时间定要打电话互致"问候"，问对方活着没有，活着就滚出来见个面，没有一顿烤肉解决不了的烦恼，一顿不行，那就两顿。托尔洪家去的次数多了，以至于他小儿子总是认为我就是《熊出没》里苛刻抠门又自私的李老板。

二○一七年遇到一个坎儿，于我而言，走不过去了，困住了，失眠、抑郁、掉发，整个人被焦虑的情绪淹没。那时候常常与L校长一打电话就是两个小时，他也忙，但总是耐心地帮我疏导、释疑解惑，并给出合理的建议。虽然离开那个单位好几年，但多年的领导成了兄弟，成了老哥。也许平日里少了联系，但遇到困惑，还是自然而然地想起他。

有睿智冷静、做事理性的G，陪着半宿半宿地谈心，谈的什么早已忘记，但那份兄弟之间的情谊时时让人心头一热；古道热肠的R胖子，他家的罐罐茶喝完一杯再续一杯，浓酽的板茶留给记忆的全是余香；在一起总让人开心的老

Y，让人在忍俊不禁中暂时忘记心底的苦涩；耿直的新疆儿子娃娃①C，在他家的果园看傍晚的归鸦返巢；还有在工作上照顾过我的M书记……那一年特别艰难，内心煎熬，是我的朋友们陪伴我一步一步走出来。

言短情长，转瞬十五年。从意气风发的热血青年，到华发渐生的沉稳中年，一路走来，互相扶持；手头拮据的时候大家慷慨解囊，心烦的时候陪对方借酒浇愁，遇到难处时大家坐在一起想方设法排忧解难，无聊了互相取笑，日子如河，精彩或者平淡，一路相伴前行。

我是个悲观的人，总觉得每个人都是一座孤岛。但我的朋友们热爱生活，像这片绿洲上世世代代生活的人们，爱就放肆地爱，活就开心地活。在我最狼狈的一段时光，带给我的，是他们对待人生的豁达态度，是寒夜中的几双大手，焐热一颗心，让我重新鼓起勇气，迎接这人世间滚烫的生活。

巴郎和馕

对于八〇后而言，是没有故乡的。年少离家求学，

---

① 儿子娃娃：男子汉（新疆等地的汉语土话）。

毕业辗转多个城市，等回到故乡，故乡早已面目全非。但我一直认为，胃是有故乡的，胃的记忆，比人的记忆更"长情"。

到泽普的最初几年，吃不惯馕，吃不惯抓饭，早饭吃不惯吾玛西（糊糊），人们常说吃饱不想家，可我吃饱了更想家乡，想家乡的小米粥、黄米馓饭、咸菜、搅团、炒面片。只要回老家，肯定会去二百多公里外的市里，就为了吃一碗最正宗的炒面片。

直到有一年回老家，带着大儿子在银川街上逛，才四岁的巴郎，忽然指着街边一个摊位说："爸爸，我要吃馕。"定睛细看，那不正是维吾尔族老乡在烤馕吗？买馕的时候和他们聊，那一刻真恨自己为什么没有好好学学维吾尔语，老乡见老乡，却不能痛快地聊几句。

我问儿子："老家好不好？"巴郎摇头。问他为什么不好。巴郎[①]说："老家没有馕，没有抓饭，没有……爸爸我好想回泽普呀。"孩子在说，我的思绪却飘向更远的地方：不知道什么时候，我再也不念叨老家的黄米馓饭、咸菜，回来半个月，竟一次也没有想起这些以前心心念念老家

---

① 巴郎：小伙子（维吾尔语）。

的味道，好像真忘了。这半个月，想得更多的是拉面、抓饭，几次想到刚刚出馕坑的热馕，咬一口，满嘴都是小麦的清香……口水不知不觉就流出来。

原来，胃也是"喜新厌旧""见异思迁"的，不知不觉中岁月早已将它"偷梁换柱""和平演变"，而我所谓的故乡，只是一种执念。我的故乡，早已经是两个巴郎的异乡。正如我在《游子》中所写——

每一个游子

都在与故乡相反的路上

向故乡接近

那个在外多年的游子

多像一封绝望的家书

故乡是什么？是对童年、少年时光的追忆？是强迫症患者精神上不依不饶地回溯？离开故乡多年，蓦然回首，故乡就是头顶这片蓝蓝的天。

一个兄弟

一条小河

忽然断流

一棵长得好好的树

被拦腰砍断

一句谜语　说出了上半句

他躺在那里

不再听到歌声

再也看不到鲜花

不再听到新婚妻子的哭泣

老人的哀恸……

不——

他肯定藏起来了

他只是想捉弄我们

他本就是个没有长大的孩子

他肯定躲在哪个角落

一脸坏笑地想：

"我就藏起来让你们找不到，看你们能把我咋的。"

——《小安》

天还没有亮，我送完孩子，骑着电瓶车往赛力乡赶。手机却在接连不断地响，是驻村的白主任打来的，接通："小安没了……"我停了会儿，说："啊？"

头昏昏沉沉，差点撞上迎面而来的轿车。半天才反应过来，向校长请了假。在殡仪馆看到小家伙面容安详的样子，他躺在那儿，只是睡着了，不愿从自己的梦里醒来。

一周前接到小家伙的电话："老壳子，干吗呢？""还能干吗，上课、改作业……"东拉西扯聊了会儿。"老家伙，等周末不忙了约一下。""好！"

二〇一八年在同一个科室共事过，小家伙整天笑嘻嘻的，每次加班，我们几个老烟枪凑在一起，按他的说法是"吸完接着干"。他爱开我们这些"老家伙"的玩笑，有时候也和我们谈谈他的理想，近几年怎么干，划分几个小目标一步一步实现……

我一直觉得自己是个"薄情"的人，转身，眼泪却大颗大颗往下掉……金兵、伊力夏提、白主任，还有以前的同事都来了。

小兄弟二〇一七年被招聘到泽普，他把最美的四年青春留给了泽普的教育，自己永远地留在了泽普。他留给同事、朋友的永远都是一个阳光大男孩的欢乐记忆，却在二十六岁这一年，和大家开了一个悲伤的玩笑。他可能只是累了，只是睡着了，第二天会一脸坏笑地对我们说："老家伙们，我突然给你们一家伙，蒙了吧？你们能把我咋的！"他的口头禅是："你们能把我咋的！"这个寒冷的清晨，你的同事、你的朋友、你刚刚新婚的妻子、你年迈的父母，都不能把你"咋的"，你却无意中给所有人重重一击，让所有人措手不及，被巨大的悲伤击倒。时间永远定格在了二〇二一年十一月二十四日凌晨三点……

默念一声兄弟，这个清晨冷彻心扉。

叫一声兄弟，叶尔羌河水呜咽。

哭一声兄弟，这天地太冷血！

……

擦去泪水，天渐渐亮了。深秋的天空更加高远；长流千年的叶尔羌河退去夏日的喧嚣，默然失声；亘古的风，从戈壁深处吹来，吹过这片厚重、肃穆的土地，吹过这薄情的人间草木。这个清晨，寒气沁入骨髓，是无处躲藏的冷。这个冬天注定是一个寒冬，但草木知道，春天从不爽约，不赴约的是人。

感念遇见

有人说泽普太小，馕从街东滚到街西，还冒着热气。我却觉得它大，大到足够容纳所有人的欢笑和悲伤，容纳这些来自五湖四海热血青年或短暂或漫长的一生。

十五年，异乡已是故乡。没有这十五年，人生肯定苍白，生命肯定残缺。这十五年，学会了接受生命中的缺憾，并与生活和解。怀揣感恩，深情地悦纳生活所有的恩赐——

良心做证：它里面记下的
全是感恩
而那些刻意的伤害
我早把它交给了没心没肺的时光
——如果记录这些才能成为强者

除了伤害自己　你尽可以说我懦弱

谁活着都不容易　活着的人

都是勇士

都是我的兄弟姐妹

如果死亡有一天带走了我的肉体

请你打开它：里面只有一颗心

因为无力负担对人类阔达的怜惜

而微微颤抖

它曾经热爱万物

它依然眷恋着人间烟火

——拙作《成长记录袋》